Der Klang der Freiheit

Bibliografische Information der Deutschen Nationalbibliothek
Die Deutsche Nationalbibliothek verzeichnet diese Publikation in der Deutschen Nationalbibliografie; detaillierte bibliografische Daten sind im Internet über http://dnb.d-nb.de abrufbar.

Originaltitel: *A Story Like the Wind*
A Story Like the Wind was originally published in English in 2017. This translation is published by arrangement with Oxford University Press.
Die Originalausgabe ist 2017 im Verlag Oxford University Press erschienen.

Text: Gill Lewis
Cover und Innenillustrationen: Jo Weaver
Übersetzung: André Mumot

ISBN 978-3-8458-2601-1

MIX
Papier aus verantwortungsvollen Quellen
FSC® C002795
FSC www.fsc.org

www.arsedition.de

GILL LEWIS

Der Klang der Freiheit

Mit Illustrationen von Jo Weaver

Aus dem Englischen von André Mumot

arsEdition

Ein Junge dreht sich langsam durchs All.

Vierzehn Sommer und dreizehn Winter lang hat er auf der Erde gelebt.

Groß ist er und dünn, hat Beine wie ein Fohlen. Viel zu lang sind sie für einen Körper, der noch hinterherkommen muss.

Er hat dunkle Haare, dunkle Augen und einen Mund, der früher oft gelächelt hat.

Es ist ein jungenhaftes Gesicht und doch wie tausend Jahre alt.

Er trägt Jeans und ein T-Shirt und einen roten Seidenschal.

An seine Brust presst er einen langen, schmalen Kasten.

Mehr hat er nicht.

Mehr ist ihm nicht geblieben.

Ich bin nichts, denkt er.
Bloß eine Handvoll Sternenstaub.

Aber wenn ich nichts bin, wie ist es dann möglich, dass es so wehtut?

Er kann immer noch seine Mutter im hellen Schein der Morgensonne sehen. Seine Füße können immer noch durch das Labyrinth der staubigen Straßen laufen. Und immer noch kann er mit den Fingern seinen Namen ertasten, den er auf die Platte seines Schultisches geritzt hat.

Aber all das ist weg.

Es sind nur Erinnerungen übrig;
Momente des Lichts, die sein
Kopf gespeichert hat,
kleine Zeitnester, die
ihm davongleiten zu
den Sternen.

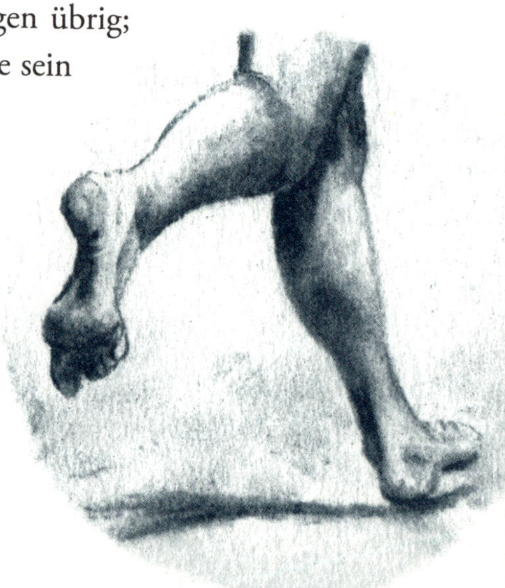

Sie gehören in ein anderes Leben.
Nicht ins Jetzt.

Vielleicht fühlt sich so das Sterben an.
Als würde man fortgerissen.
Als müsste man alles zurücklassen, was man je geliebt hat, und könnte nie zurückkehren.

Er wirft einen Blick auf seine Mitreisenden, deren Gesichter vom Mond geisterhaft beschienen werden.

Sie sitzen im Kreis, die Knie bis zum Kinn hinaufgezogen, und klammern sich an ihren kleinen Taschen mit Habseligkeiten fest, an den Überbleibseln ihres Lebens.

Ein Mann und eine Frau sitzen beieinander, haben die Arme um ihre beiden kleinen Kinder geschlungen.

Neben ihnen hat ein alter Mann einen kleinen weißen Hund im Arm.

Und dann sind da zwei Jungen, denen sich schon der dunkle Schatten der Männlichkeit auf die Gesichter gelegt hat.

Sie sind alle Fremde für ihn, Fremde, die ebenfalls aufgebrochen sind und sich ihm angeschlossen haben. Sie sind miteinander verbunden, treiben durch Zeit und Raum, dem Versprechen eines sicheren Hafens in einer anderen Welt entgegen.

Der Außenbordmotor hat schon vor einiger Zeit
aufgegeben.
Hat sein Todesröcheln ausgestoßen.

Ein letztes Husten.
Ein letzter Atemzug.
Dann Stille.

Jetzt sind sie hier allein,

ohne Karten,
ohne Ruder,
und treiben,
treiben

und treiben

langsam dahin unter den Sternen.

In einem kleinen Boot.
Mit einem Funken Hoffnung.
In stürmischem Wind.
Auf stürmischer See.

Der Wind und die Wellen beginnen zu tanzen, lassen kalte, salzige Gischt aufspritzen. Der Junge fährt mit den Fingern über die Gänsehaut, die sich auf seinen nackten Armen gebildet hat.

Es gibt ihn wirklich.
Er ist hier.
Und hier ist jetzt.

Ich bin am Leben, denkt er. Er legt den Kopf in den Nacken und spricht zu den Sternen: »Ich heiße Rami und ich bin immer noch am Leben.«

Eine weitere Stimme spricht in die Nacht hinaus.

»Du siehst aus, als wäre dir kalt, Rami.«

Die junge Mutter hat ihn angesprochen. Sie bietet ihm ihr gestricktes Umhängetuch an. »Hier, leg dir das um.«

Rami zieht sich seinen roten Schal enger um den Hals und schüttelt den Kopf. »Vielen Dank, aber mir ist warm genug.«

Die Augen der Frau ruhen auf Rami. »Ich heiße Nor«, sagt sie, »und das ist mein Mann, Mustafa.«

Mustafa hebt den Kopf aus den Händen und bringt ein schwaches Lächeln zustande. Ihm ist schlecht, seit sie in See gestochen sind.

Nor schiebt sich einzelne Haarsträhnen unter ihr Kopftuch. Sie deutet mit der Hand auf ihre Kinder. »Dies ist mein Sohn Bashar. Er ist sechs. Und meine Tochter Amani. Sie ist vier.«

Bashars Augen sind groß und rund. Seine Augenbrauen machen einen Satz bei jeder Welle, die gegen das Boot schlägt. Amani hat sich neben ihm zusammengerollt, ist in den Schlaf geflüchtet.

Beide Kinder sind in dicke Mäntel und Decken gehüllt. Sie sind die einzigen, die Schwimmwesten tragen in diesem Boot, das gar kein Boot ist. Es ist ein Spielzeug für Strände und Swimmingpools. Nur zwei Schichten Plastik und Luft liegen zwischen seinen Passagieren und dem Grund des Meeres. Eine Gürtelschnalle oder eine verlorene Haarnadel könnten es zerreißen. Eine Fahrt auf diesem Schlauchboot aber ist so teuer wie eine Kabine auf einem Kreuzfahrtschiff. Tausend Dollar pro Person für ein Ticket ohne Rückfahrt.

»Mein Name ist Mohammed«, sagt der alte Mann. Er streichelt die Ohren des zitternden Hundes, den er unter seinem Mantel trägt. »Und das ist Bini. Sie ist schon lange kein Welpe mehr, und ich bin sogar noch länger kein Junge mehr, aber wir sind immer noch beieinander.«

»Ich heiße Youssef«, sagt der ältere der beiden Jungs. »Und das ist mein Bruder Hassan. Wir sind schon seit vielen Tagen unterwegs.« Er blickt zu Rami herüber. »Auch wir sind immer noch am Leben.«

Die Worte taumeln von den Lippen der Passagiere, wollen unbedingt Namen und Orte in die Köpfe der anderen setzen.

Erinnere dich an mich.

Erinnere dich an meinen Namen.

Mohammed zieht ein zusammengefaltetes Fladenbrot aus seiner Tasche. Es ist in Papier eingeschlagen, wie ein Geschenk. Rami kann nicht anders, er muss es anstarren. Das Wasser läuft ihm im Mund zusammen, dick und klebrig.

»Hier«, sagt Mohammed, reißt einzelne Streifen vom Brot und reicht sie herum, für jeden Passagier des Bootes einen. »Esst. Es dauert noch lange, bis die Sonne aufgeht.«

Rami schüttelt den Kopf. »Danke, aber ich habe keinen Hunger.« Er schaut zu, wie die anderen das Brot kauen, während sein Magen sich verzweifelt nach etwas Essbarem sehnt.

Die Wellen steigen und fallen, und das Boot neigt sich, wirft sich hin und her. Mustafa stöhnt auf und versinkt tiefer im Boot. Seine Füße gehören aufs Land und nicht aufs Meer.

Youssef hält eine Plastikflasche hoch. »Trinkt ein bisschen Limonade. Unsere Mutter hat sie für uns gemacht, bevor wir aufgebrochen sind. Aus den Zitronen, die auf dem Baum in unserem Hinterhof wachsen.« Er reicht sie Mustafa. »Nimm einen Schluck und reich sie herum. Mama sagt, Zitronen sind gut gegen Seekrankheit.«

Als die Flasche bei Rami ankommt, trinkt er nicht daraus, sondern gibt sie gleich an Mohammed weiter. »Danke, aber ich habe keinen Durst.«

Youssef schaut ihn an. »Was ist los, Rami? Warum teilst du nicht das Essen und Trinken mit uns? Warum weigerst du dich, Nors Tuch umzulegen, wo wir doch alle sehen, dass du frierst?«

Ramis Hand presst den schmalen Kasten an seine Brust. »Ich habe nichts, was ich euch im Gegenzug geben kann. Ich habe nur noch das hier.«

Bashar bekommt große Augen. »Was ist da drin?«

Rami löst die Verschlüsse des Deckels und öffnet den Kasten.

»Das hier«, sagt er.

Eine Geige ruht in einem Bett aus dunklem Samt und daneben liegt ein Bogen. Sie scheint hier ganz fehl am Platz zu sein.

Zu zart ist sie.
Zu außergewöhnlich.
Zu schön.

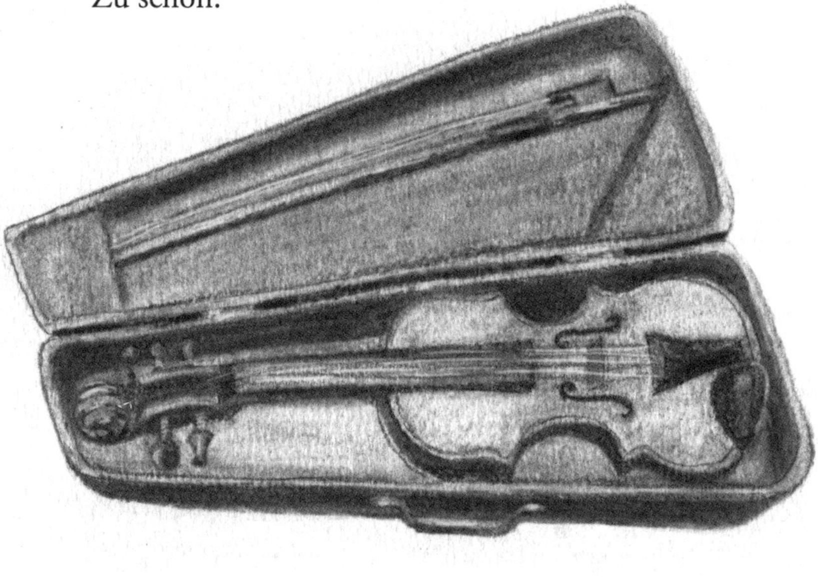

Wie die Stille aus einer anderen Welt.

Rami hebt sie mit beiden Händen hoch, so vorsichtig, als wäre sie ein gerade zur Welt gekommenes Kind. »Ich musste schnell aufbrechen«, sagt er. »Da habe ich das Einzige mitgenommen, was ich nicht zurücklassen konnte.«

Bashar schiebt sich näher an Rami heran, um einen genaueren Blick zu werfen. Er streckt die Hand nach dem geschwungenen Kopf des Instrumentes aus und nach den kleinen Wirbeln, die die straffen Saiten festhalten. Er lässt die Finger über den schlanken Hals und die weichen hölzernen Kurven der Geige fahren.

Youssef schaut in den leeren Kasten und runzelt die Stirn. »Mehr hast du nicht dabei? Nichts zu essen?«

»Nein«, sagt Rami. »Nur dies.«

Hassan schüttelt den Kopf. »Was soll sie dir jetzt noch nützen? Du hättest sie verkaufen können gegen etwas zu essen oder Wasser oder sogar gegen eine Rettungsweste.«

Rami schüttelt den Kopf. »Nein. Wisst ihr: Sie bedeutet mir alles. Meine Seele steckt darin.«

Mohammed beugt sich vor. »Bitte zeig es uns, Rami. Zeig uns, was sie dir bedeutet.«

Rami hebt seine Geige an sein Kinn und zieht den Bogen aus dem Kasten. »Wisst ihr, meine Geige erinnert sich an viele Geschichten.« Er zieht den Bogen über die Saiten und eine innige Melodie erfüllt die Nacht. »Sie erinnert sich an die Zeit vor dem Krieg, als die Sonne aufging, den Nebel über den Weizenfeldern meines Vaters hob und sie zu Gold werden ließ. Sie erinnert sich an die warmen Nächte, an die Musik, die in unserem Dorf nach der Ernte gespielt wurde, an den Geruch von Kaffee und gerösteten süßen Mandeln.«

Bashar greift hinauf in die Luft, als wolle er die Musik einfangen, aber die Töne entschlüpfen ihm und werden vom Wind davongeweht.

Rami lächelt und lässt den Bogen über die Saiten hüpfen. »Sie erinnert sich an mein Vorspielen beim Symphonie-Orchester und daran, wie nervös ich war. Sie erinnert sich an die Freude, als sich ihre eigene Stimme dem Orchester angeschlossen hat und wir auch die Geschichten der anderen gelernt haben.«

Nor legt eine Hand auf Ramis Arm. »Vielleicht kannst du für uns spielen und uns eine deiner Geschichten erzählen. Ich würde gerne eine hören. Die Nacht ist lang, und das wird helfen, die Dunkelheit fernzuhalten.«

Rami legt die Geige auf seine Knie und zieht ein loses Haar aus dem Bogen. »Ich weiß nicht, welche ich erzählen soll.«

Die See bebt unter ihnen, lässt ihr Boot erschaudern und schwanken. Das Plastik knarrt.

Nors Griff an seinem Arm wird fester. »Erzähl uns eine Geschichte, um uns durch die Nacht zu bringen«, flüstert sie. In ihren Augen glänzen Tränen. »Bitte erzähl uns eine Geschichte, die uns zum Sonnenaufgang trägt.«

»Ich weiß eine Geschichte, aber sie ist gefährlich«, sagt Rami stirnrunzelnd und lässt seine Finger über die Maserung im Holz fahren. »Der Dirigent des Orchesters hat sie mir erzählt am Tag, als die Soldaten kamen. Die Soldaten haben uns verboten, Musik zu machen. Vielleicht weil sie wussten, welche Macht sie hat. Vielleicht wussten sie, was sie erreichen kann. Der Dirigent hat mir Geld gegeben und gesagt, ich solle davonlaufen. Ich hatte keine Zeit mehr, zu meiner Familie zurückzugehen.« Rami hebt das Ende des roten Seidenschals. »Den hat er mir auch zur Erinnerung gegeben. Er hat mich gebeten, ihn zu tragen, ganz gleich, ob ich in Gassen oder auf Marktplätzen oder in den größten Konzertsälen der Welt spiele. Er sagte, jeder müsse seine Geschichte hören.«

»Dann erzähl sie uns bitte«, sagt Mohammed. Bini späht unter seinem Mantel hervor und ihre dunklen Augen beobachten Rami.

»Ja«, sagt Hassan. Er und Youssef schlingen die Arme um die Knie und rutschen im Boot nach vorn, als wären sie noch klein. »Wir möchten sie auch hören.«

Mustafa legt die Arme um seine Frau und seine Kinder.

Der Sturm flaut ab, und selbst das Meer scheint innezuhalten, um besser zuhören zu können.

Rami setzt sich am Rand des Bootes auf und sein Seidenschal flattert im Wind. Er legt den Bogen auf die Saiten. »Diese Geige kann viele Lieder spielen«, sagt er. »Aber sie trägt auch eine sehr alte Melodie in sich. Sie erinnert sich an die erste Geschichte in der Maserung ihres Holzes, in der Straffung ihrer Saiten und der Krümmung ihres Halses. Keine Religion und keine Nation kann diese Geschichte für sich beanspruchen.

Sie gehört uns allen.
Es ist der Klang der Freiheit.
Eine Geschichte wie der Wind.«

»Wie fängt sie an?«, flüstert Bashar.
Rami lächelt. »Ich will es euch erzählen.«

Gemeinsam drehen sie den ruhelosen Wellen den Rücken zu und lauschen.

In einem kleinen Boot.
Mit einem Funken Hoffnung.
In stürmischem Wind.
Auf stürmischer See.

»Die Geschichte beginnt vor vielen, vielen Jahren«, sagt Rami, »auf den Hochebenen der mongolischen Wüste, einem Ort, der bekannt ist als Land der tausend Pferde.

Sie beginnt mit dem Klang von Hufen, die über die Ebenen galoppieren.« Rami klopft mit den Fingern auf das hölzerne Gehäuse der Geige, und schon schallt das Donnern der Hufe durch die Nacht.

Er nimmt den Bogen und lässt ihn über die Saiten gleiten. »Sie beginnt damit, dass der Wind von den hohen Steppenbergen herabweht und die erste Winterkälte bringt und die allerersten Schneeflocken.«

Die Musik hebt und senkt sich mit dem wirbelnden Wind.

»Es ist die Geschichte von Suke, einem Schäferjungen, der seine Schafe von den Bergen herabtrieb. Sie beginnt mit etwas, das er im Schnee fand.«

»Was hat er denn gefunden?«, flüstert Bashar.

Mustafa zieht Bashar näher an sich heran. »Sch, Bashar! Lass Rami die Geschichte erzählen.«

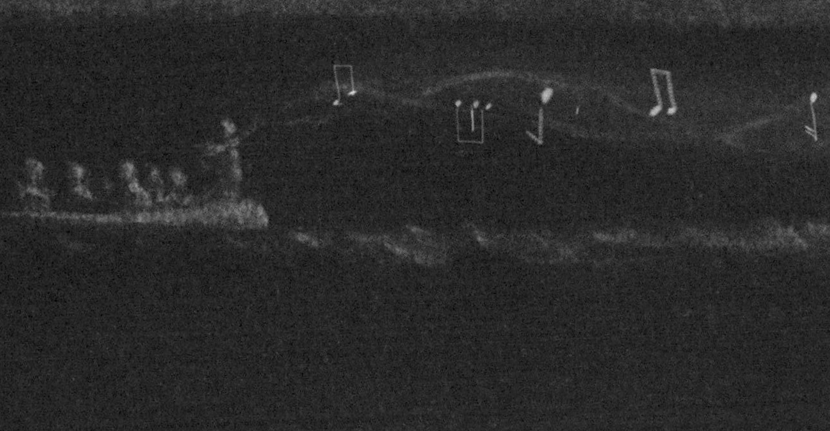

Also hört ... Suke war der jüngste von drei Brüdern, die alle versuchten, sich rasch vor einem Sturm, der gerade aufzog, in Sicherheit zu bringen. Auch ihre Pferde galoppierten schneller, zogen die Schweife ein und stemmten die Köpfe gegen den Wind, der sie nach Hause trieb. Das Licht wurde schwächer und das Tal unter ihnen lag schon tief im Schatten.

»Suke«, rief der älteste Bruder. »Ich sehe noch einige unserer Schafe auf den hohen Hängen. Dein Pferd ist das jüngste und schnellste. Reite los und fang sie ein, wir bringen den Rest der Herde nach Hause.«

Suke murmelte leise vor sich hin und zog sein Pferd herum, während seine Brüder weiter hinab auf die Lichter ihrer Jurte zuritten. Er murrte. Sie würden lange vor ihm warme Stutenmilch trinken.

Er schaute auf zu den hohen Gipfeln, die in den Wolken lagen. Schnee hatte sich bereits auf die Abhänge und in die Schluchten gelegt. Der Herbst war vorüber und die Alten sagten ihnen harte Monate voraus. Sukes Pferd stieg am steilen Hang des Berges einen engen Pfad hinauf. Lose Steine und Schiefer kullerten über die Kante in den Abgrund und verschwanden im dichten Nebel. Doch Suke wusste, dass er seinem Pferd vertrauen konnte. Er richtete den Blick zum Himmel, während weiche Schneeflocken auf seine Wangen fielen und schmolzen wie die ersten Küsse des Winters.

Suke trieb sein Pferd über einen steilen Pfad auf die letzten verstreuten Schafe zu, aber es musste sich anstrengen, um durch die tiefen Schneeverwehungen zu steigen.

Der Pfad wurde immer enger und steiler. Übersät mit blauen Schatten, bog und wand er sich über schneebedeckte Felsbrocken. Sukes Pferd war unruhig und schreckhaft, hob den Kopf und plusterte die Nüstern auf. Suke blinzelte ins Licht, schaute schneeblind zu den dunklen Flecken zwischen den Steinen hinüber. Waren da Wölfe? Seit Jahren hatte man schon keine mehr in diesen Bergen gesehen. Er streichelte den Nacken seines Pferdes. »Was ist?«, flüsterte er und versuchte sich selbst ebenso zu beruhigen wie sein Reittier. Wenn es hier Wölfe gab, würden sie rettungslos in der Falle sitzen.

Sein Pferd schnaubte und scharrte mit den Hufen. Dann erblickte Suke die Umrisse eines anderen Pferdes, das auf dem Boden lag und bereits mit Schnee bedeckt war. Suke sprang ab und wischte den Schnee vom Kopf des Pferdes. Es war eine Stute, aber sie war bereits tot. Eiskristalle glitzerten in ihren langen dunklen Wimpern. Es war zu spät, er konnte ihr nicht mehr helfen.

Suke versuchte, sein Pferd an ihr vorbeizuführen, aber es wollte sich nicht rühren. Es beugte sich herunter und steckte die Schnauze in die Schneeverwehung, blies warme Luft aus seinen Nüstern. Etwas bewegte sich unter dem Schnee. Suke kniete sich hinunter, grub mit den Händen und fand ein kleines Fohlen, das sich an seine Mutter geschmiegt hatte. Das Fohlen war kalt, aber Suke konnte spüren, dass seine weichen Augenlider blinzelten, als er ihm mit den Händen über den Kopf fuhr.

Er schaufelte den Schnee herunter, bis der ganze kleine weiße Kopf frei lag. Es war ein Spätsommerfohlen. Sie kamen selten durch die Winter, und dies konnte ohne seine Mutter nicht überleben. Suke schaute sich um, ob noch andere Pferde hier oben auf dem Berg waren, aber abgesehen vom Wind, der in den Schluchten heulte und zwischen den Felsen flüsterte, war der Hang bloß kalt und still.

Suke befreite das Fohlen vom Schnee. Sein Fell war ebenso weiß wie der Schnee und seine Augen so dunkel wie der

Nachthimmel. Seine feuchte Mähne und der Schwanz waren kurz und gekräuselt. Es konnte höchstens ein paar Wochen alt sein. Suke tastete seine Schnauze ab und ließ die Finger in sein Maul gleiten. Die Zunge war kalt und trocken und das Fohlen zu schwach, um zu saugen. Suke versuchte, es auf die Füße zu heben, aber es hatte nicht mehr genug Kraft, um zu stehen. Es würde die Nacht hier draußen nicht überleben, zumal noch mehr Schnee zu fallen drohte.

Suke nahm das kleine Fohlen in seine Arme und hob es auf den Sattel seines Pferdes, wo er es mit seinem eigenen Mantel zudeckte. Dann führte er sein Pferd den Berg wieder hinunter und trieb die letzten Schafe vor sich her.

»Warum hast du so lange gebraucht?« Sein Vater wartete bereits am Fuß des Berges auf ihn. »Ich wollte dich schon holen kommen.«

»Ich habe ein verwaistes Fohlen auf dem Hang gefunden.«

Sukes Vater hob den Mantel und untersuchte das kleine Fohlen. »Ein Hengstfohlen«, sagte er. »Es ist eins der Wildpferde.«

»Es braucht Wärme und etwas zu fressen«, sagte Suke.

Sein Vater schüttelte den Kopf. »Es ist zu schwach. Es wird die Nacht nicht überstehen.«

»Ich kümmere mich um es«, sagte Suke. »Noch ist es nicht tot.« Und so brachte Suke das Fohlen in die Wärme des Zeltes, wo er es vor das Feuer legte.

Sukes Großvater kniete sich hin, um es zu betrachten. »Es gehört zu den wilden Herden. Selbst wenn du dieses Fohlen am Leben hältst, wirst du es niemals zähmen können.«

Sukes Bruder stieß es mit seinen Zehen an. »Morgen früh ist es ganz sicher tot.«

Suke fuhr mit den Fingern über die weiche Schnauze des Pferdes, beugte sich hinunter und flüsterte ihm ins Ohr. Das kleine Ohr des Fohlens zuckte, als er sprach, und so wusste Suke, dass es ihn hörte: »Du wirst nicht sterben. Ich verspreche es. Ich lasse dich nicht sterben.«

»Und welchen Namen willst du dem Fohlen geben?«, fragte Sukes Mutter und reichte ihm eine Schale mit warmem Eintopf.

Suke starrte lange und eindringlich in die dunklen Augen des Tieres. »Mir steht es nicht zu, ihm einen Namen zu geben. Er gehört in die Wildnis. Er gehört nur sich selbst.«

Der Großvater nickte. »So soll es sein. Aber wenn du ihn retten willst, musst du ihm erst einmal etwas Milch geben. Meiner eigenen Stute ist ein Fohlen gestorben und sie hat noch Milch. Nimm etwas von ihr, dann helfe ich dir beim Füttern.«

Suke blieb die ganze Nacht wach, fütterte das Fohlen mit warmer Milch, indem er es an einem mit Milch getränkten Wollstrang saugen ließ. Als die ersten Strahlen der Sonne durch das Oberlicht im Zelt fielen, schlief Suke auf einem Haufen weicher Decken doch noch ein, angeschmiegt an das weiße Fohlen, dessen Kopf er an seine Brust gelegt hatte.

Im Schlaf träumte er, dass das Fohlen sich in den Wind verwandelte, dass es um ihn herumtollte und er es nicht einholen konnte, ganz gleich, wie schnell er lief. Selbst als er den Wind bis zum Ende der Welt verfolgt hatte, schaffte es das Fohlen, ihm zu entschlüpfen.

Heller Sonnenschein weckte Suke aus seinem Schlaf. Er beschirmte seine Augen gegen das Licht, das durch die Zeltöffnung fiel und in dem der Umriss seines Großvaters aufgetaucht war. Er griff nach dem Fohlen, aber seine Arme waren leer. War das Fohlen in der Nacht gestorben? War es seinem Griff entschlüpft? Oder war das alles ein Traum gewesen?

Suke setzte sich auf und rieb sich die Augen. »Wo ist das Fohlen …?«

Großvater streckte die Hand aus und gluckste vor sich hin. »Komm und schau …«

Suke folgte ihm hinaus und sah, dass das kleine weiße Fohlen neben Großvaters alter Stute stand. Der Kopf des Fohlens war zwischen ihren Flanken verschwunden, aber es wedelte mit dem Schweif, sodass man sah, dass es ihre warme Milch trank.

Der Großvater legte seinen Arm um Suke. »Ich war mir sicher, dass dieses junge Fohlen am Morgen tot sein würde«, sagte er. »Und ich habe in meinem Leben schon viele Fohlen gesehen. Dieses trägt eine große Kraft in sich. Wenn es überlebt, wird es kein gewöhnliches Pferd sein.«

Bashar zupft an Ramis Arm und bringt den Fluss der Musik zum Versiegen. »Hat das Fohlen überlebt?«, fragt er mit großen Augen.

Rami lächelt. »Man braucht eine sehr lange Zeit, um ein krankes Fohlen gesund zu pflegen«, sagt er. »Vor allem aber braucht man Liebe.«

Nor schlingt die Arme um ihren Sohn. »Bei dir war es genauso, Bashar, als du zur Welt gekommen bist. Du warst zu früh dran, und die Ärzte sagten, du würdest nicht durchkommen. Dein Vater und ich haben dich gefüttert und dich getragen und auf dich aufgepasst und du hast überlebt. Sie haben gesagt, es wäre unsere Liebe, die dich am Leben gehalten hat.«

Rami lächelt. »Diese Geige kennt viele Geschichten über die Liebe.

Sie kennt viele Arten von Liebe. Sie kann auch die Geschichte der ersten Liebe erzählen.« Er zieht den Bogen über die Saiten, verwebt zwei Melodien. Die Töne necken einander, trennen sich, fließen wieder zusammen.

Mustafa greift nach Nors Hand und hält sie fest.

»Sie erinnert sich, wie die Liebenden sich zum ersten Mal getroffen und wie sie zum ersten Mal miteinander getanzt haben. Sie erinnert sich an ihre Hoffnungen und Träume«, sagt Rami.

Nor drückt die Hand ihres Mannes. »Vielleicht kennt sie unsere Geschichte«, sagt sie. »Weißt du noch, als mein Vater zum ersten Mal erlaubt hat, dass du mit mir ausgehst?«

Mustafa lächelt. »Wir waren im Kino, aber an den Film kann ich mich nicht erinnern.«

Rami zupft die Saiten mit den Fingern. »Sie erinnert sich an den ersten Kuss.«

Nor und Mustafa lächeln, aber Bashar verzieht das Gesicht. »Was ist denn nun mit dem Fohlen? Ist es gestorben?«

Rami schüttelt den Kopf.

»Das Fohlen ist nicht gestorben. Es hat überlebt.«

In seinem ersten Jahr folgte das Fohlen Suke auf Schritt und Tritt, trottete neben ihm her, während er sich um die Pferde und Schafe kümmerte. Und wie Suke vom Jungen zum Mann wurde, wurde aus dem Fohlen ein Hengst mit einem Fell so weiß wie der weißeste Schnee und mit Augen so dunkel wie die dunkelste Nacht. Nur von Suke ließ er sich reiten. Ohne Sattel und Zaumzeug galoppierten sie über die Ebenen. Gemeinsam rannten sie mit dem Wind um die Wette und jagten die untergehende Sonne.

Gerüchte über den weißen Hengst verbreiteten sich im ganzen Land, und viele kamen, um ihn zu bewundern. Sie boten Suke Geld und Gold für ihn, aber er schüttelte nur den Kopf und erwiderte jedes Mal: »Ich kann ihn nicht verkaufen. Er gehört nur sich selbst.«

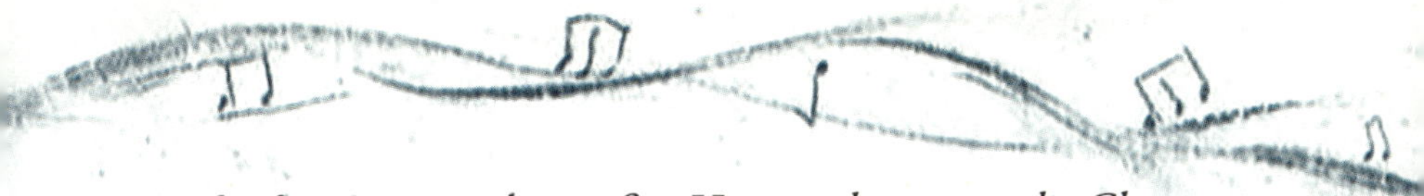

Im fünften Sommer des weißen Hengstes bereiteten die Clans das große Pferderennen über die Steppe vor.

»Nimmst du teil?«, fragte Sukes Bruder, als sie gemeinsam zum Festplatz ritten.

Suke nickte. »Nur wenn der weiße Hengst bereit ist, mich zu tragen.«

Sie kamen am Abend an, als die Sonne bereits hinter den Bergen unterging. Musik und der Geruch von gerösteter Muskatnuss und Zimt lagen in der Luft. Suke musste sich fest an die Mähne des weißen Hengstes klammern, während sie durch die Märkte trabten, vorbei an Ständen und Pferdeverkäufern, Teppichhändlern, Zeltbauern und Sattlern. Fackeln brannten bis spät in die Nacht, während die Leute kauften und verkauften und tauschten, und jeder versuchte, einen guten Preis für sich herauszuschlagen.

Rami lässt seinen Bogen vor und zurück gleiten. Die Töne gehen hin und her und schubsen einander, schneller und schneller, holen das Licht und die Farben des Marktes herbei. Die Töne feilschen und schwatzen, während Ramis Finger über die Saiten tanzen. Mohammed klatscht zum Takt von Ramis Musik in die Hände, hält mit der Geschwindigkeit des emsigen Marktliedes mit, und Bini fängt an, aufgeregt in seinen Armen zu kläffen. Er stampft mit dem Fuß auf und fängt an zu lächeln.

Er erinnert sich.

»Das ist meine Geschichte«, sagt er. »Sie erinnert mich an die Märkte zu Hause, wo ich Teppichhändler war. Die Leute kamen von nah und fern, um meine Teppiche zu kaufen. Es war ein Spiel auf dem Markt. Wie ein Tanz zwischen Verkäufer und Kunde, wenn wir um den besten Preis feilschten. Das waren noch Zeiten.« Seine Augenwinkel legen sich in lauter Lachfältchen. »Einmal habe ich versucht, einer wunderschönen Frau einen fliegenden Teppich zu verkaufen.«

Rami hört auf zu spielen. »Einen fliegenden Teppich? Sie haben versucht, einen fliegenden Teppich zu verkaufen?«

Bashar steht der Mund weit offen. »Einen echten fliegenden Teppich?«

»Oh ja«, lächelt Mohammed. »Vor vielen Jahren, als ich ein junger Mann war, kam eine Frau mit Augen so tief wie der Ozean und einem Lächeln so warm wie die Sonne zu meinem Stand. Sie wollte einen meiner Teppiche kaufen. Sie war die schönste Frau, die ich je zu Gesicht bekommen hatte, und natürlich verliebte ich mich auf den ersten Blick in sie. Ich sagte: Ich habe bloß einen dieser magischen Teppiche, aber ich bin bereit, ihn dir unter einer Bedingung zu verkaufen.«

Nor legt den Kopf schief. »Und was war das für eine Bedingung?«

Mohammed hebt den Zeigefinger vor ihr. »Ich sagte zu ihr: Dieser fliegende Teppich wird dich hinbringen, wohin du willst. Überallhin. Durch ihn werden all deine Träume wahr. Aber wenn du ihn kaufst, musst du mich mit dir nehmen.«

Nor lächelt, weil sie die Antwort der Frau schon kennt. »Und hat diese Frau den Teppich gekauft?«

Mohammed schüttelt traurig den Kopf. »Nein, das hat sie nicht. Ich erinnere mich an ihre Worte, als wäre es gestern gewesen. Sie sagte: Ich habe nicht den Wunsch, mein Zuhause zu verlassen. Und mein einziger Traum ist,

jemanden zu finden, der mich liebt und dem ich meine Liebe geben kann.«

Youssef schüttelt den Kopf. »Das tut mir leid. Das ist ja wirklich Pech.«

Mohammed bricht in ein breites Lächeln aus. »Es war kein Pech für mich. Ich wurde zum glücklichsten Menschen auf der Welt. Sie hat meinen Teppich nicht gekauft, aber sie ist meine Frau geworden.«

Hassan lacht und stupst seinen Bruder. »Vielleicht sollten wir auch versuchen, fliegende Teppiche zu verkaufen!«

Mohammed streichelt Binis Ohren. »Keine Frau der Welt wurde jemals so geliebt, wie ich meine Frau geliebt habe.«

Bashar lässt seinen Blick über die Menschen im Boot gleiten und zupft an Mohammeds Ärmel. »Wo ist sie jetzt?«

Nor legt den Arm um ihren Sohn. »Still, Bashar. Genug gefragt.«

Eine Welle schlägt gegen das Boot und besprüht sie mit kalter Gischt.

Mohammed steckt seinen kleinen weißen Hund unter den Mantel, schützt ihn vor dem Wind. »Bini ist der Hund meiner Frau«, sagt er. »Jetzt haben wir nur noch einander.« Er hebt einen Schlüssel hoch, den er an einem Faden um den Hals trägt, und drückt ihn an seine Lippen. »Dies ist der Schlüssel zu einer Tür, die es nicht mehr gibt, die Tür zu meinem Haus, das nur noch aus Trümmern besteht. In meinen Träumen lebt meine Frau noch immer dort. Wenn ich die Tür aufschließe, sehe ich, wie sie auf mich wartet.« Mohammed lässt den Schlüssel unter sein Hemd gleiten und schließt fest die Augen. »Sie hält mich noch in den Armen, wenn ich träume.«

Der Wind reißt seine Worte davon und trägt sie über das Wasser, dabei hinterlässt er eine kurze Leere in der Stille.

»Bitte«, sagt Mohammed und öffnet wieder die Augen. »Erzähl die Geschichte weiter, Rami. Sag uns: Hat Suke mit seinem Hengst an dem Rennen teilgenommen?«

Rami hebt die Geige an sein Kinn und beginnt zu spielen.

Am nächsten Tag standen die schnellsten Pferde des Landes stampfend und schnaubend bereit, zerrten im Licht der Morgendämmerung an ihren Zügeln, und ihr Atem wurde zu kleinen Wolken in der kühlen Luft. Auch von ihren gleißenden Flanken stieg Dampf auf. Die Reiter hatten ihre feinsten Gewänder angelegt, geschmückt mit Fuchspelzen und Adlerfedern, und die Sattel der Pferde waren mit bunten Fäden bestickt. Nur Suke trug die Kleidung der Schäfer und saß auf dem Rücken des weißen Hengstes, ohne Zaumzeug und ohne Sattel.

Als sich die Pferde für das Rennen in einer Reihe aufstellten, traf schließlich auch der reichste Fürst des Landes auf seinem schwarzen Hengst ein. Er trug schwarze Felle und seine Sporen waren aus Gold. Flankiert wurde er von bewaffneten Wächtern, in deren metallenen Rüstungen sich die Strahlen der Morgensonne spiegelten, wie scharfe Klingen in der Menge. Die Leute machten rasch den Weg frei, um sie durchzulassen.

Sukes Bruder zog ihn beiseite und flüsterte: »Lass den Dunklen Fürsten dieses Rennen gewinnen. Er hat ein böses Temperament. Wenn du ihn verärgerst, wird er unsere Steuern erhöhen und uns von unserem Land jagen.«

Der weiße Hengst scharrte auf dem Boden, wartete bereits ungeduldig darauf, loslaufen zu können.

Suke lachte und krallte sich in seiner Mähne fest. »Nichts wird dieses Pferd aufhalten. Sieh doch: Er will rennen. Vielleicht ist es Zeit herauszufinden, wozu er imstande ist.«

»Suke«, rief der Bruder, aber es war zu spät. Das Hornsignal zum Beginn des Rennens ertönte und die Reihe der Pferde verschwand in einer Wolke aus donnernden Hufen und Staub.

Der weiße Hengst hielt schon im leichten Galopp mit den anderen Pferden mit. So stürmten sie voran, über Grasland, durch Flüsse, Berge hinauf und Täler hinab. Doch immer blieben der Dunkle Fürst und sein schwarzer Hengst weit vor den anderen. Als sie den letzten Berg hinabritten, sah Suke die bunten Fahnen und Banner der Ziellinie weit entfernt in der Steppe. Er konnte auch die Menge sehen, die darauf wartete, dass die Pferde und die Reiter zurückkehren würden.

Suke ließ den weißen Hengst seinen Weg selbst wählen, einen der letzten engen Bergpfade hinab. Der Dunkle Fürst galoppierte bereits über die weite Steppe, nur eine Staubwolke in weiter, weiter Ferne. Gewiss würde der Fürst siegen, und Suke war froh darüber, denn er wusste, dass es sich seine Familie nicht leisten konnte, höhere Steuern zu zahlen. Aber in dem Augenblick, da die Hufen des weißen Hengstes das weiche Gras berührten, warf er seinen Kopf zurück und stürmte dem schwarzen Hengst hinterher. Der weiße Hengst galoppierte schneller, als er je zuvor galoppiert war. Seine Hufe hämmerten über den Boden, Mähne und Schweif wehten hinterdrein. Die Erde rauschte unter ihnen hinweg, und Suke kam es vor, als würden sie fliegen.

Der schwarze Hengst hörte, dass der weiße Hengst ihm auf den Fersen war, stellte seine Ohren zurück und drängte noch schneller vorwärts, doch bald schon waren die beiden Pferde nebeneinander. Kopf an Kopf, Schulter an Schulter, presch-

ten sie weiter. Der Fürst richtete seinen starrenden Blick auf Suke, trieb sein Pferd an, aber der weiße Hengst hielt mit dem Pferd des Dunklen Fürsten Schritt.

»Schneller!«, brüllte der Dunkle Fürst und ließ seinen Stock gegen die Flanke des schwarzen Hengstes knallen. Er schlug ihn wieder und wieder, bis Pferdeschweiß und Blut sich mit einander mischten.

Der weiße Hengst rauschte neben dem Dunklen Fürsten her wie der Wind.

»Schneller!«, schrie der Dunkle Fürst und hieb seine scharfen goldenen Sporen tief in die Flanken des schwarzen Hengstes.

Aber der schwarze Hengst konnte nichts mehr geben. Seine Nüstern bebten und seine Lungen rangen nach Luft, doch sein großes Herz war am Ende, und er stürzte, taumelte und brach kurz vor der Ziellinie zusammen, während der weiße Hengst und Suke an ihm vorbeizogen und die wehenden Zielfahnen hinter sich ließen.

Doch es gab keinen Jubel und keinen Applaus.

Keine Hörner oder Trommeln erklangen, um den Sieg zu feiern.

Bloß Stille.

Atemlose Stille.

Und goldene Staubpartikel schwebten in der stillen, kühlen Luft.

Die Menge sah zu, wie der Dunkle Fürst sich keuchend vom Boden aufrappelte und sich den Schmutz vom Umhang klopfte. Er ging langsam auf Suke und den weißen Hengst zu und sein Gesicht war so finster wie aufziehende Sturmwolken.

»Deinetwegen ist mein bestes Pferd tot«, sagte er.

Der weiße Hengst warf seinen Kopf zurück und legte die Ohren an.

Der Dunkle Fürst starrte Suke mit zusammengezogenen Augen an. »Du wirst mir als Ausgleich dafür, dass mein Pferd gestorben ist, deines geben.«

»Nein«, sagte Suke, der es wagte, dem Fürsten Widerworte zu geben. »Er hat das Rennen gewonnen.«

Suke konnte hören, wie hinter ihm in der Menge zustimmendes Murmeln losbrach.

Der Dunkle Fürst wirbelte herum, und als er sich umdrehte, verstummten die Leute und senkten den Blick zu Boden. Keiner wagte es, ihn anzusehen.

»Wenn du mir dein Pferd nicht gibst«, brüllte der Dunkle Fürst, »werde ich jedermanns Steuern in meinem Reich verdoppeln. Wenn du mir dein Pferd nicht gibst, werde ich meine Wächter beauftragen, die Zelte deiner Familie niederzubrennen und euch aus den Tälern weit in die Berge zu jagen.«

Die Wächter des Dunklen Fürsten zogen ihre Schwerter und umringten Suke und den weißen Hengst.

Der weiße Hengst warf seinen Kopf zurück und scharrte auf dem Boden. Suke ließ sich von seinem Rücken herab. »Ich kann ihn Euch nicht geben«, sagte er, »denn er gehört mir nicht. Er gehört niemandem. Er gehört nur sich selbst.«

»Wächter«, rief der Dunkle Fürst. »Ergreift den Hengst!«

Der weiße Hengst bäumte sich auf und trat mit den Hufen aus, aber es waren zu viele Wächter. Sie warfen Seile um ihn und zwangen ihn zu Boden.

»Nein!«, schrie Suke. »Ihr könnt ihn nicht reiten. Er sucht sich seine Reiter aus.« Suke versuchte, an den weißen Hengst heranzukommen, aber die Wächter stießen ihn zurück.

Der Dunkle Fürst packte Suke am Kragen und zog ihn dicht an sein Gesicht. »Ich bin der beste Reiter im ganzen Land. Es gibt kein Pferd, das ich nicht gebrochen hätte. Was soll denn so anders sein an diesem hier?« »Er ist wie der Wind«, sagte Suke. »Ganz gleich, wie sehr Ihr es versucht, den Wind könnt Ihr nicht zähmen. Er ist wie die untergehende Sonne. Ganz gleich, wie schnell Ihr reitet, sie wird Euch immer entschlüpfen.«

Der Fürst spuckte Suke ins Gesicht. »Du wagst es, mich zu verhöhnen?« Er wandte sich Sukes Familie zu. »Seid aus diesem Land verschwunden, bevor die Nacht hereinbricht, sonst werde ich meinen Wächtern befehlen, brennende Pfeile auf eure Zelte zu schießen und euch jedes Pferd wegzunehmen, das ihr besitzt.« Er musterte die umstehenden Leute. »Und falls jemand hier dem Jungen helfen sollte, werde ich ihn ebenso verbannen.«

Suke fiel auf die Knie und schluchzte, während er mit ansah, wie der weiße Hengst in die Zitadelle des Dunklen Fürsten geschleift wurde.

Es war Abend, und die Menge löste sich langsam auf, während Suke und seine Familie ihre Besitztümer zusammenpackten. Niemand hielt an, um ihnen zu helfen, denn alle hatten Angst, ebenfalls verbannt zu werden.

»Du Narr«, rief Sukes Bruder. »Was hast du getan? Warum hast du den Dunklen Fürsten nicht siegen lassen, wie ich es dir gesagt habe?«

Sukes Vater schüttelte den Kopf. »Die Winter in den Bergen sind zu streng. Das wird unser Ende sein.«

Der Großvater aber streckte die Hand aus und half Suke auf die Füße. »Nein«, sagte er. »Der weiße Hengst wird der Erste sein, der dem Dunklen Fürsten die Stirn bietet.« Er rieb sich das Kinn und starrte in die Ferne, wo der Umriss der Zitadelle am Horizont sichtbar war. »Ich habe das Gefühl, dass dies erst der Anfang ist.«

Im Innern der Zitadelle versuchte der Dunkle Fürst, den weißen Hengst zu brechen. Er schlug ihn und zog ihm die Peitsche über, bis der weiße Hengst voller roter Blutstriemen war, aber zähmen ließ er sich noch immer nicht. Der Dunkle Fürst versuchte, ihm Zaumzeug und einen Sattel anzulegen, aber der Hengst biss und trat aus und ließ ihn nicht in seine Nähe.

»Ich werde dich brechen«, drohte der Dunkle Fürst. Er band ihn in der sengenden Hitze an und verweigerte ihm Fressen und Wasser. Die Sonne stieg und sank, und während der Sommer seinen Lauf nahm, wurde das Fell des weißen Hengstes matt und grau und seine Rippen und Knochen zeichneten sich darunter ab. Seine Augen verloren ihren Glanz und ihr Funkeln. Die Sterne in ihnen starben.

Der Dunkle Fürst ging im Kreis um den weißen Hengst herum und stieß ihn mit dem Ende eines Stockes an. »Kannst du jetzt noch treten?«, fragte er und ließ den Stock auf die Flanke des Pferdes knallen.

Die Beine des Hengstes knickten ein. Er kämpfte darum, sich aufrecht zu halten.

»Kannst du noch beißen?«, brüllte der Dunkle Fürst und schob mit Gewalt das metallene Ende des Zaumzeugs ins Maul des Hengstes.

Er rief nach seinen Wachen und befahl ihnen, den weißen Hengst zu satteln. »Nun kommt, ich will meinem Volk zeigen, wie ich dieses Pferd gezähmt habe.«

Als die Leute sahen, dass der Dunkle Fürst und seine Wächter sich näherten, verbeugten sie sich und beobachteten stumm, wie er an ihnen vorbeiritt. Dunkeläugige Kinder spähten hinter ihren Müttern hervor, ihre Gesichter bleich und ausgemergelt. Ihre Bäuche waren leer und ausgehungert von den Steuern des Dunklen Fürsten. Der weiße Hengst trabte mit gesenktem Kopf und seine Mähne und sein Schweif hingen in dicken, verfilzten Klumpen herab. Seine rissigen Hufe schlurften über die trockene Erde.

»Ihr seht«, sagte der Fürst zu seinen Wächtern und den Leuten. »Es gibt nichts, was ich nicht zähmen kann. Ich bin der Herr über alles.«

Die Beine des weißen Hengstes zitterten. Er spürte das Gewicht des Dunklen Fürsten auf seinem Rücken und die scharfen Sporen in seinen Flanken. Als er die Augen schloss, spürte er jedoch die ersten Flocken des Winterschnees. Ein kühler Wind wehte von den Bergen herab, hob die zerzausten Enden seiner Mähne und brachte die Erinnerung an die weite offene Steppe zurück. Die Erinnerung an den Jungen, der ihn gerettet hatte, an den Jungen, der mit ihm geritten war und mit dem er die untergehende Sonne bis ans Ende der Welt gejagt hatte.

Der weiße Hengst hob den Kopf gegen den kalten Wind von den Bergen. Er hörte, wie der Wind ihn beim Namen rief. Er spürte, wie er durch ihn hindurchfuhr und seinen Beinen und seinem Herzen neue Kraft gab. Er bäumte sich auf, um dem Ruf des Windes zu antworten, und warf den Dunklen Fürsten von seinem Rücken.

»Fangt ihn ein!«, rief der Dunkle Fürst, während er zu Boden stürzte.

Aber die Wächter konnten ihn nicht festhalten. Der weiße Hengst trat mit den Hufen aus und stürmte donnernd auf die weit entfernten Berge zu.

»Wenn ich ihn nicht haben kann, soll niemand ihn haben«, brüllte der Dunkle Fürst. »Schießt eure Pfeile ab!«, befahl er seinen Wächtern. »Streckt ihn nieder!«

Und ein Pfeil nach dem anderen regnete herab, während der weiße Hengst in die Dunkelheit der Nacht davongaloppierte.

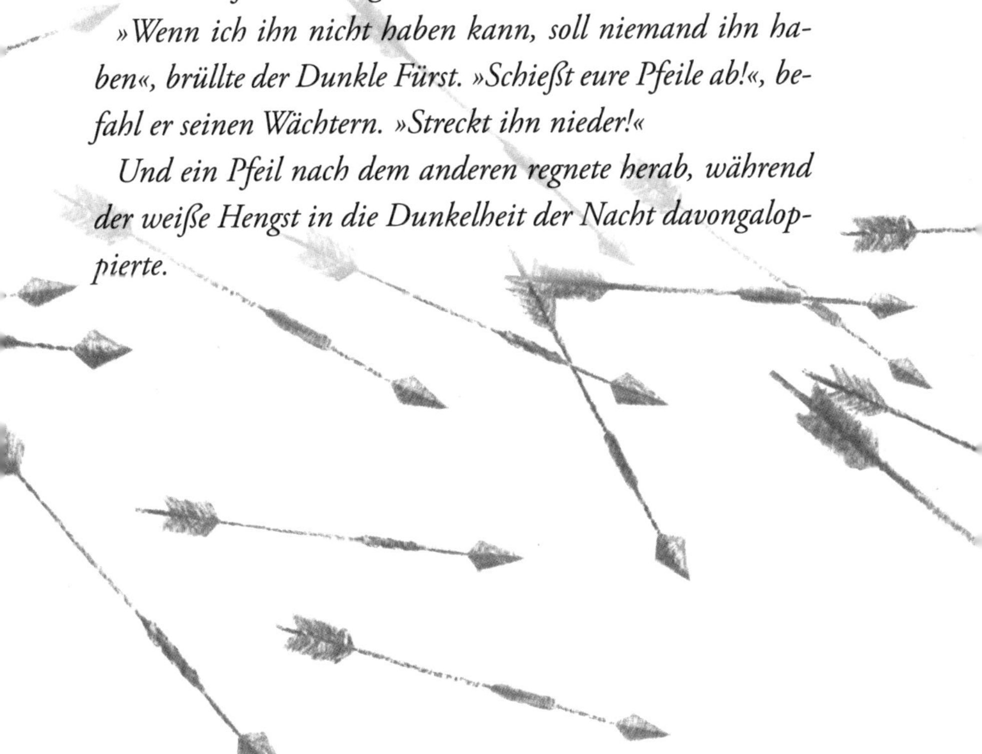

Die Wolken brechen auf und das Mondlicht scheint hinab auf die Passagiere im Boot. Es spiegelt sich in den Tränen auf Youssefs Gesicht.

»Du erzählst uns die Geschichte von unserem Zuhause«, sagt Youssef und wischt sich die Wangen trocken.

Hassan nickt. »Zuhause, das war mal ein Ort, wo wir in den staubigen Straßen Fußball gespielt haben.«

»Zuhause war ein Zitronenbaum im Hinterhof«, sagt Youssef, »wo Mama in der Küche Baklava machte, um sie in der Bäckerei zu verkaufen. Unser Haus war immer voll von dem Geruch von Honig und Gewürzen.«

Hassan atmet die Erinnerung ein. »Wir haben immer am Tisch unsere Hausaufgaben gemacht und darauf gewartet, dass sie mit dem Kochen fertig war und uns erlaubte, mit den Fingern in die Schüsseln zu fahren und den Sirup von den Löffeln abzulecken.«

Youssef nickt. »Es war der sicherste Ort auf der ganzen Welt, diese Küche. Selbst vor Ahmed, der uns in der Schule immer tyrannisiert hat, waren wir in unserer Küche sicher.«

Hassan lacht kurz auf. »Weißt du noch, als Ahmed uns von der Schule verfolgt hat und uns unseren neuen Fußball wegnehmen wollte? Ich hatte ihn noch nie ängstlich gesehen, bis Mama aus dem Haus gestürmt kam. Sie war kleiner als er, aber sie hat ihm den Marsch geblasen, dass ihm die Ohren geglüht haben.«

Youssef starrt seine Hände an. »Jetzt ist es nicht mehr sicher da. Als die Soldaten kamen, hat Ahmed sich ihnen angeschlossen. Er ist in einem großen Auto durch die Straßen gefahren und hatte eine große Waffe in der Hand. Nicht mal Mama konnte ihm mehr etwas sagen.«

»Die Soldaten wollten, dass sich auch unser Vater ihnen anschloss«, sagt Hassan. »Aber er hat sich geweigert.«

Youssef runzelt die Stirn. »Eines Nachts kamen die Soldaten, um die Männer der Stadt zu holen. Vater sagte, wir müssten weglaufen. Mama hat uns Baklava und Limonade eingepackt, und wir sind in die Berge geflüchtet, zusammen mit anderen Männern und Jungs aus der Stadt.«

Youssef stützt seinen Kopf in die Hände. »Aber Ahmed hat von unserer Flucht erfahren und es den Soldaten erzählt. Die Soldaten sind uns in Lastwagen gefolgt. Vater und zwei andere Männer haben uns gesagt, wir sollten vorauslaufen, sie würden die Soldaten auf einen anderen Weg locken.«

»Wir haben zugesehen, wie ihnen die Soldaten weit bis in ein anderes Tal gefolgt sind«, sagt Hassan.

»Dann sind Schüsse gefallen«, sagt Youssef und schließt die Augen. »Ganz viele Schüsse. Es klang, als würden die Berge auseinandergerissen.«

Hassan schüttelt den Kopf. »Aber Vater und seine Freunde hatten keine eigenen Waffen. Sie sind in die Dunkelheit gerannt und die Kugeln sind wie Regen auf sie herabgefallen.«

»Du siehst, Rami, deine Geschichte ist unsere Geschichte«, sagt Youssef.

Nor nickt. »Das ist unser aller Geschichte.«

Bashar schaut zwischen Hassan und Youssef hin und her und dann zu Rami. »Aber was ist mit dem weißen Hengst? Hat Suke ihn jemals wiedergesehen?«

»Sch!«, sagt Mustafa. »Rami soll es uns auf seine eigene Weise erzählen.«

Rami hebt den Bogen, und dic Töne fließen wie Tränen, die der Wind verweht, als die Geschichte weitergeht.

Hoch in den Bergen erwachte Suke und hörte das Klappern von Hufen auf dem steinernen Boden. Er stapfte hinaus in die Nacht, und im Licht des Vollmonds sah er, wie der weiße Hengst ihm entgegenkam. Aber er war geschwächt. Seine Flanken hoben sich mühevoll beim Atmen. Er stolperte und sank vor Sukes Füßen zusammen.

Suke kniete sich neben ihn. Sanft nahm er ihm das Zaumzeug und den Sattel ab und wiegte den Kopf des Pferdes an seiner Brust. »Bleib bei mir«, flüsterte er. »Bleib, dann pflege ich dich, wie ich es damals auch getan habe.« Aber der Atem des Hengstes ging nur noch stockend und flach. Die Pfeile hatten sich tief in sein Fleisch gebohrt.

»Bleib«, flehte Suke. Er streichelte die weiche Schnauze des Hengstes. »Du bist frei und kannst wieder dem Wind nachjagen und der Sonne, wenn sie untergeht.« Doch tief in seinem Herzen wusste Suke, dass der weiße Hengst nicht länger am Leben festhalten konnte. Die Augen des Hengstes schlossen sich und er starb in Sukes Umarmung.

Suke schlief ein, dicht an den weißen Hengst geschmiegt, und weinte heiße salzige Tränen, während aus dem Himmel die Schneeflocken herabtrudelten und ihnen eine weiche Decke aus Schnee webten.

Suke schlief und träumte, dass der weiße Hengst zu ihm kam. Er tauchte vor ihm auf, sein Fell weißer als der weißeste Schnee und seine Augen dunkler als die dunkelste Nacht.

»Komm«, sagte der Hengst.
»Reite noch ein letztes Mal auf mir.«
Und so kletterte Suke
auf den Rücken des Pferdes
und ritt auf ihm durch die Nacht,
jagte den Wind
bis zum äußersten Ende der Welt.

Als das erste Licht der Morgendämmerung am Himmel aufstieg, brachte der Hengst Suke zurück zum Berg. »Erinnere dich an mich«, sagte er. »Erinnere dich an meinen Namen.«

»Aber ich weiß deinen Namen gar nicht«, rief Suke aus.

Der Hengst drückte ihm sanft die Schnauze gegen die Brust. »Doch, du hast ihn dort in dir selbst.«

Sukes Finger griffen nach der Mähne des Hengstes. »Ich will dich nicht verlieren.«

»Dann nimm einen meiner Rippenknochen und ein paar Haare aus meinem Schweif und mach einen Bogen daraus.«

»Um Pfeile abzuschießen?«, fragte Suke.

»Nein«, sagte der Hengst und schüttelte den Kopf. »Dieser Bogen wird etwas in die Welt schicken, das viel mächtiger ist als jeder Pfeil.« Der Hengst schaute Suke tief in die Augen. »Wenn du den Bogen über die hohle Hülle meines Körpers ziehst, wirst du mein Lied hören. Du wirst meine Geschichte mit anderen teilen.«

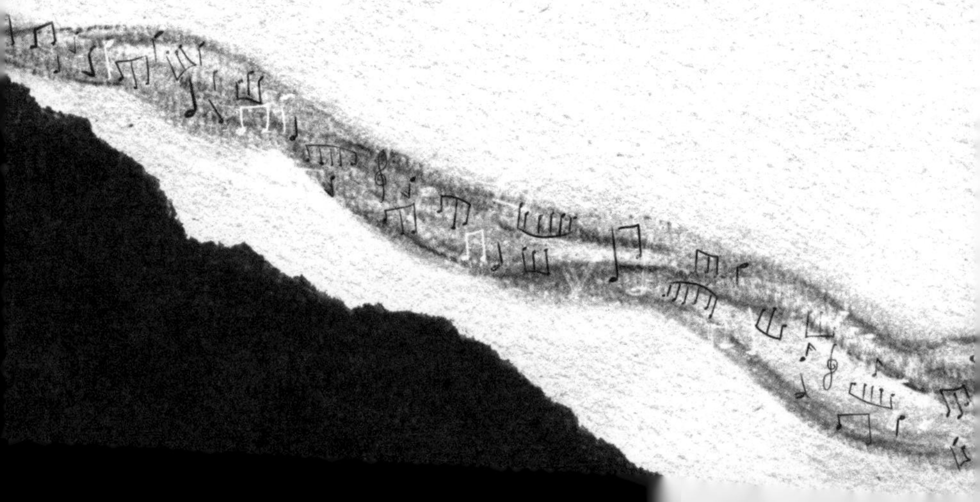

Suke erwachte und tat, was der Hengst ihm gesagt hatte. Den ganzen Tag arbeitete er und baute aus den Knochen und der Haut ein Instrument, das dem weißen Hengst glich.

Er zog die Haut über die Knochen des Hengstes. Und als er mit den Fingern auf der straffen Haut klopfte, hallten die Hufschläge des Pferdes durch die Berge wider.

Suke schnürte einzelne Pferdehaare straff über sein neues Instrument, und als er den Bogen über diese Saiten zog, erfüllte der Klang des Windes die Luft um ihn her.

Schließlich schnitzte Suke einen Knochen, sodass er aussah wie der stolze gebogene Kopf des weißen Hengstes. Um sich immer an ihn zu erinnern. Um ihn niemals zu vergessen.

Als die Nacht sich senkte, spielte Suke das Lied des weißen Hengstes. Der Wind trug die Musik über die Berge und hinab in die Täler, wo sie in die Dörfer hineinwehte und durch Türen und Fenster drang. Die Menschen blieben stehen und lauschten, und bald schon summten sie die Melodie und klopften mit ihren Füßen den Rhythmus. Die Schmiede schlugen sie mit den Hämmern auf ihren Ambossen. Mütter summten sie ihren ungeborenen Kindern vor, und die Männer sangen sie, während sie die Felder pflügten. So wurde sie bis über die Mauern der Zitadelle getragen und hinein ins Haus des Dunklen Fürsten.

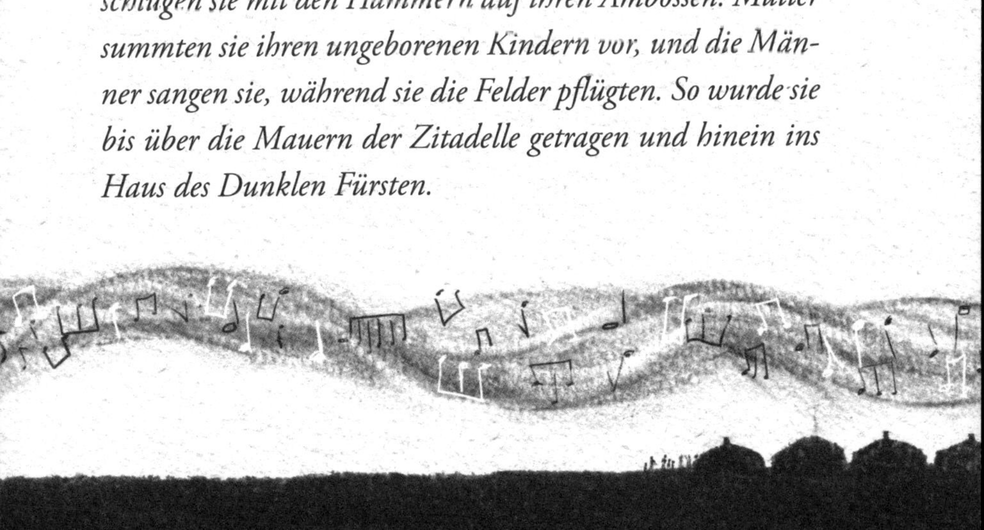

»Schluss damit!«, befahl der Dunkle Fürst. »Diese Musik soll aufhören.« Aber er konnte die Musik nicht verstummen lassen. Der Wind trug sie weiter und flüsterte sie ihm ins Ohr. Sie rief ihm von den Feldern aus zu. Die Flüsse brachten sie mit, wenn sie von den Bergen herabgerauscht kamen. »Geht und findet heraus, wer diese Musik macht!«, befahl er seinen Wächtern.

Seine Soldaten brachen auf ihren Kriegsrössern auf. Sie hörten das Lied überall; doch den, der die Musik machte, konnten sie nicht finden. »Es ist der Wind, Herr«, sagten sie bei ihrer Rückkehr. »Sie kommt mit dem Wind.«

»Dann fangt den Wind!«, brüllte der Dunkle Fürst.

»Aber, Herr«, flehten die Soldaten. »Niemand kann den Wind fangen.«

»Dann schließen wir den Wind aus«, tobte der Dunkle Fürst. Er befahl, dass alle Häuser in der Zitadelle ihre Fenster und Türen mit Wandteppichen verschließen sollten, aber der Wind drang auch durch das feine Gewebe der Stoffe. Die Dienstboten tanzten heimlich, während sie die Böden fegten. Die Vögel in den Käfigen sangen das Lied und sogar die Soldaten hörten es. Sie summten es im Schlaf und begannen, in seinem Rhythmus zu marschieren.

»Schließt die Musik aus!«, brüllte der Fürst. Er hielt sich die Ohren zu, aber er spürte noch immer, wie der Rhythmus durch die Wände und die Böden seines Hauses pochte. Er rannte in die Verliese hinab, spürte die Musik aber noch immer über seinem Kopf. »Ich muss tiefer hinab«, rief der Dunkle Fürst. »Bringt mir einen Spaten!«

Der Dunkle Fürst grub in der schwarzen Erde, tiefer und tiefer, grub einen Tunnel, der ihn fortführte von der Musik.

Tiefer.

Und tiefer.

Und tiefer.

Und wo der Dunkle Fürst schließlich endete, weiß niemand.

Manche sagen, die Tunnelwände wären über ihm eingestürzt. Andere meinen, er wäre immer noch dort unten und würde weitergraben. Manche glauben auch, er würde bloß abwarten, dass das Lied endlich aufhört, dass niemand es mehr singt und er zurückkehren kann.

Die Nachricht vom Verschwinden des Dunklen Fürsten verbreitete sich landauf, landab und die Menschen feierten von der Zitadelle bis in die Berge. Als Sukes Familie ins Tal zurückkehrte, versammelten sich die Menschen um Suke, um den zu sehen, der die Musik gemacht hatte.

»Dies ist das Lied des weißen Hengstes«, sagte Suke, trommelte mit den Fingern auf dem Körper seines Instruments

und fuhr mit dem Bogen über die Saiten. Und es war, als würde der weiße Hengst neben ihnen hergaloppieren und den wilden Wind jagen. »Ihr seht«, sagte Suke, »selbst im Tod konnte er den Dunklen Fürsten noch besiegen.«

Bald wollten sich die Menschen auch ihre eigenen Instrumente bauen. Sie machten sie aus Holz und nahmen Haare aus dem Schweif ihrer eigenen Pferde, um die Saiten und den Bogen herzustellen, und an die oberste Spitze schnitzten sie den Kopf eines Pferdes.

Sie nannten es das Morin chuur oder die Pferdekopfgeige. Sie lernten, das Lied zu spielen, lernten, die Geschichte selbst zu erzählen.

Und so brachten sie der Pferdekopfgeige auch neue Geschichten bei, von der Liebe, von Freundschaft, von Trauer und Verlust. Sie sang auf Hochzeiten und Festen und sie trauerte auf Begräbnissen. Auf der Seidenstraße reiste sie um die ganze Welt. In verschiedene Länder kam sie, wo die Menschen eigene Geigen nach ihrem Muster bauten. Sie änderten ihre Form, machten sie kleiner oder größer, und sie fügten weitere Saiten hinzu. Sie schufen Geigen, die man unterm Arm tragen konnte, und Bassgeigen, die größer waren als große Männer. Sie spielten sie in Gassen und auf Marktplätzen und in Konzertsälen.

Aber eins blieb immer gleich. Immer schnitzten sie an die Spitze des Halses eine Krümmung, die aussieht wie ein sich neigender Pferdekopf, in Erinnerung an die allererste Geschichte von Suke und dem weißen Hengst.

Eine Erinnerung an den Klang der Freiheit.

Eine Erinnerung an eine Geschichte wie der Wind.

Ramis Musik tönt über die Wellen dem Horizont entgegen, wo im Osten ein blasses Licht die Strahlen der Sonne ankündigt.

»Hab vielen Dank, Rami«, sagt Nor, die ihre Arme um Bashar und Amani geschlungen hat. »Ich werde das Lied meinen Kindern vorsingen, damit sie es wieder ihren Kindern vorsingen können.«

Mustafa nickt. »Wenn ich wieder Arbeit als Lehrer finde, werde ich es meinen Schülern vorsingen.«

Die beiden Brüder halten einander fest. »Wir werden es niemals vergessen«, sagt Hassan. »Niemals«, sagt Youssef. »Wir werden diese Geschichte singen in Erinnerung an unseren Vater, der sein Leben geopfert hat, damit wir weiterleben konnten.«

Mohammed streichelt Binis Ohren. »Meine Frau hätte sie gewiss geliebt. Ich werde sie ihr vorsingen. Ich werde sie singen, um die Erinnerung an das Zuhause am Leben zu halten, das wir einmal gehabt haben, damit niemand es vergessen wird.

Wir müssen uns erinnern, damit wir zurückkehren können, wenn dieser Krieg zu Ende ist, und unser Leben neu aufbauen können. Ich werde das Lied singen, um mich an die Märkte und die Kaffeehäuser zu erinnern. Ich werde es singen, um die Geschichten meiner Freunde und Nachbarn zu erzählen. Ich werde es singen für meine Frau, denn sie hat mir etwas gezeigt: Wenn einem alles genommen wird, ist es die Liebe, die immer noch bleibt.«

Rami nickt. »Wir müssen es alle singen, für die, die wir verloren oder zurückgelassen haben. Wir müssen es denen vorsingen, die noch nicht wissen, dass sie es brauchen. Wir müssen das Lied am Leben halten.«

Und zusammen sangen sie das Lied der Freiheit, während ihre Herzen dazu den Rhythmus schlugen.

In einem kleinen Boot.
Mit einem Funken Hoffnung.
In stürmischem Wind.
Auf stürmischer See.